AF236042

Elisabeth Göhring

Meine Stadt

Erzählung

Meine Stadt

Meine Stadt liegt wie ein Augapfel zwischen den Lidern seiner Strände inmitten eines Flusses.
Sie wird vom Wasser umströmt, ein Wasser ohne Namen, wie auch meine Stadt keine Namen trägt.
Auf meiner Landkarte findet man sie in der Mitte der Himmelsrichtungen.

Der Fluss umfließt sie von West nach Ost, weshalb sie die Form eines rechten Auges angenommen hat.
Nach Süden schaut man auf hügeliges, spärlich besiedeltes Grasland.
Auf dem Festland des Nordens dagegen wachsen Städte aus Stein, Glas und Beton. Im Norden liegt die Hauptstadt. Im Norden liegt Dänemark.

Meine Stadt ist nicht groß. Und sie ist ein wenig verkommen.

Dürres Gras wächst zwischen zahlreichen Ruinen leerstehender Häuser vergangener Leben.

Es sind einfache Bauten wie Schuhkartons aus Stein. Türen hängen aufgebrochen, lose in den Angeln oder fehlen ganz. Die Fenster sind zerbrochen.

Die Häuser wirken wie leere, zertretene Schneckenhäuser. Der achtlose Vandalismus ist ohne Bedeutung. Er tut niemandem weh.

Wetter gibt es selten.

Heute zum Beispiel ist kein Wetter. Das bedeutet, es ist grau, leicht bewölkt, dämmrig. Keine Jahreszeit ist. Also ist irgendwas mit staubigen Blättern an den Bäumen. Normales Jetzt.

Es ist warm in meiner Stadt. Helles Grau und Beige dominieren den Hügel, der sanft von West nach Ost anschwillt. Von West nach Ost umfließt ihn das Wasser. Von Ost nach West zieht die Sonne über ihn hinweg.

Alles hat seine Ordnung.

Ich betrete die Insel mit Dir über eine Brücke aus Metall und Beton vom südlichen Festland aus. Stahlrohre sichern den Fußgängerbereich. Das Wasser strömt grau und ruhig darunter.

In dem Bild, das ich gerade vor Augen habe, ist die Brücke weder befahren noch belaufen. So, wie auch meine Stadt leer und unbewohnt scheint. Sie wird selten besucht, und ich bin die einzige Bewohnerin. Ich und ein paar andere Ichs.

Ich lebe auf dem Hügel in einem bescheidenen Kasten, altmodisch möbliert und mit staubigen Gardinen, gegenüber eines staubigen, zertretenen Schneckenhauses.

Alles nicht meins.
Ich bin hier nur Gast.

Unten in der Dorfstraße, die von der Brücke auf den Hügel zu mir führt, gibt es ein paar Geschäfte. Die Auslagen sind von anno dazumal. Aber immerhin gibt es einen Lebensmittel-, einen Spiel- und Schreibwarenladen sowie eine Apotheke, die ja sehr wichtig ist.

Die Ladenbesitzer sehen alle gleich aus: Familien mit Mutter, Vater, Kind. Immer ein Junge und ein Mädchen. Fertigfamilien wie aus einem uralten

Katalog. Läden wie Puppenstuben. Die stammen wohl aus einer Zeit, als gerade Katalog-bestellungen in Mode kamen. Ich muss mir damals welche bestellt haben.

Ich stehe mit Dir auf dem Hügel meiner Stadt, meiner kleinen, schäbigen Stadt, und blicke nach Süden.
Hier ist der Himmel verhangen, das Gras gelb und der Strom grau. Am Horizont aber sehen wir die blauen Hügel: Das Grasland dort ist nicht verdorrt und der Himmel nicht verhangen.

Siehst Du?

Mein Herz schlägt schneller beim Blick nach Süden, denn dort ist es schön.
Da will ich hin.
Jeder will da hin. Aber kaum einer kann dort leben.

Geh arbeiten oder werde reich geboren.

Ich jedenfalls werde es nie schaffen.

Im Osten da drüben geht die Sonne nie grau auf.
Und da wohnt ein Mann. Mein Mann.
Er hat ein schönes Haus in der sonst unbewohn-ten Gegend. Ein Haus am Fluss meines Lebens.

Ich liebe diesen Mann und mein Herz sagt mir, dass er mich auch liebt.

Im Süden möchte ich wohnen. Im Süden ist es schön: die Sonne scheint, die Farben strahlen. Die Hügel besänftigen das Auge.
Wenn ich wie heute mit Dir abends auf dem Hügel meiner Stadt stehe, verstehe ich nicht, warum die Sonne dort untergeht. An so einem Ort kann nichts Schönes untergehen.

Dabei ist es so banal: natürlich hat das Südufer außer dem Osten auch einen Westen, und im Westen geht die Sonne nun einmal unter.

Im Westen lieget die Brücke zu mir.

Die leere Brücke zu mir.

Norden

Ich drehe mich nur ungern um. Drehe ganz
langsam, um den Moment hinauszuzögern, meine
Füße im Staub.
Der Staub in meiner Stadt hat die Qualität von
Kehricht. Krümel und Flocken, in denen meine
Füße Schneeengel hinterlassen.

Auch wenn ich nicht will: Ich muss Dir auch den
Norden zeigen. Den Norden mit seinen
Hochhäusern, wobei ich die Bezeichnung
„Wolkenkratzer" bewusst vermeide. Denn diese
Häuser haben keine Verbindung zum Himmel.
Nicht einmal eine kratzende.
Aber auch, wenn sie ausschließlich dem
Geldverdienen gewidmet sind, präsentieren sie
sich sakral.

Diese Häuser bilden einen Chor. Den Chor des
fernen Dänemark.
Von dort kommen alle Weisungen.
Da liegt das rationale Zentrum meiner Welt.
Ich kann es nicht sehen und ich kann es Dir nicht
zeigen.

Aber Du wirst verstehen.

Wir blicken auf die Stadtlandschaft am befestigten Ufer aus Glas und Beton. Kirchenschiffe mit Firmentürmen. Auf den Straßen sieht man nirgends Menschen.

Die Road nach Dänemark, eine vielspurige Autobahn, heute im übrigen leer, mit zahllosen Brücken und verschleiften Auffahrten, endet lustigerweise an einem alten, verkommenen Fähranleger zu mir.

Ich finde das erstaunlich.
Wer bin ich denn für die?

Heute, jetzt, betrachte ich gemeinsam mit Dir das Nordufer, in dessen Glasfassaden sich die Sonne des Südens spiegelt. Es glitzern die pragmatisch konstruierten Oberflächen. Ich muss beim Blick in den Norden die Augen zusammenkneifen.

Anselm

Im Zentrum meiner Stadt liegt ein gepflasterter Marktplatz mit backsteinerner Kirche. Wenn Touristen kommen, besuchen sie diesen Platz.
Es ist ein öffentlicher Platz.
Das Portal der Kirche ziert die aus Sandstein geschlagene Figur eines geheimnisvoll lächelnden Knaben. Du staunst, denn die Proportionen von Körper und Gesicht sind perfekt. Die Oberfläche spannt sich glatt über die bewegte Form. Stein wie Samt. Ewigkeit schwingt in diesem Lächeln.
Ein perfekter Augenblick, für immer in Stein gebannt.

Die zeitlose Schönheit des Knaben weist über sich hinaus: mit der rechten Hand zum Himmel; die linke liegt auf dem Herzen.
Die zum Himmel weisende Hand umfasst eine Rose.
Der Faltenwurf seines Gewandes ist steif, die Füße sind nackt.

Die Figur steht etwas abgerückt vom Gemäuer in einer Nische. Man muss in den Raum zwischen Mauer und Figur hineinfotografieren, dann kann man festhalten, dass sie hohl ist.
Das fasziniert die Touristen.

Sie ziehen ihre Schlüsse: Diese Schönheit ist nicht perfekt, sondern gemacht und unvollkommen. Unvollkommenheit zieht diese Menschen an, die kommen und Fotos machen und Eis und kleine plüschige Knabenfiguren als Schlüsselanhänger kaufen. Sie sagen: „Ich habe diese Ikone des Schönen als menschgemacht enttarnt. Über mich wurde bestimmt, dass ich nur etwas wert bin, wenn ich vor der Figur dieses Kindes in Ehrfurcht erstarre. Ich aber erkenne den Schwindel! Ich bin schlau!"

Ich verurteile diese Menschen nicht und nicht ihr Gehabe. Sie kommen, um sich schlecht zu benehmen, um etwas unglaublich Schönes nicht zu achten. Sie freuen sich über das unperfekte Hinterteil des Knabenbildes, als hätten sie einen Schnappschuss vom Po eines Prominenten geschossen.

Man spürt beim Anblick der Skulptur: In dem abgebildeten Knaben steckt ein unglaublicher junger Mann, der weiß, was recht und gut ist. Einer, der durch die Welt geht und unsere Normalität mit dem Schwert seines Verstandes spaltet. Vielleicht schlägt er uns aber auch, weil wir einfach im Weg sind, den er aus gutem Grund gehen muss.

Seine Klarheit vermittelt einem das Gefühl im Nebel zu stehen.

Wir armen Durchschittsmenschen haben so gesehen das Recht auf Trost durch Häme.

Anselm ist dieser zentrale Platz geworden, das Abbild vor der Kirche und noch ein Haus in meiner Stadt.

Die Skulptur kommt mir vor wie ein Sandkuchen von ihm.

Gegenüber der Kirche liegt ein großes, altes Haus, ein ehemaliges Rathaus mit einer Außentreppe, die man von beiden Seiten besteigen kann. Es ist das prächtigste Haus am Platz, jetzt Souvenirladen und Eiscafé, mit Postkartenständern vor der Tür und Regalen mit den kleinen Knuddelfiguren, Kühlschrankmagneten und Schlüsselanhängern. Sein Backstein wurde verputz und mit Stuck verziert.

Wer hat das bloß zugelassen?

Der Platz ist gepflastert. Hier würde man Brautpaare und ihre Gesellschaften fotografieren, wie sie vom Standesamt, das über dem Eiscafé untergebracht ist, zur Kirche gehen. Es gäbe Fotos, bei denen sich alle auf der Treppe aufgestellt haben und lächeln oder winken.

Alle sind sie ganz schick gemacht. Die Damen mit komplizierten Frisuren, die keinen Wind abkönnen, in zu langen oder zu kurzen, jedenfalls ungewohnten Kleidern. Manche tragen sogar peinliche Hüte.

Die Herren im Anzug mit Fotoapparaten, unangemessen großen Fotoapparaten, über die sie sich austauschen.
Die Kinder wurden frisch frisiert, mancher Zopf zu streng geflochten. Es gab Tränen hier und da, weil man die Kleider schon vor dem offiziellen Fototermin mit Nussnougatcreme bekleckert hatte. Mädchen in Rosa und Glitzer, neidisch beäugt von den Jungs, die in kleinen blauen Anzügen stecken.

Es könnte Fotos von den Gesellschaften geben, wenn geheiratet würde auf diesem Platz. Aber es wird nicht geheiratet, und Touristen gibt es auch kaum aber immerhin ein paar. Die kommen, eine Kleinigkeit zu essen im Café-Restaurant, dem Eiscafé, das seine Tische bei nicht allzu schlechtem Wetter draußen aufstellt. Unter großen Schirmen, falls es doch regnet.

Für mich ist das wichtigste Haus am Platz aber das verlassene Gemäuer, dessen Dach schon lange eingestürzt ist.

Die Zeit hat es bepflanzt.

Es ist der Schutzraum und Herberge all der
glücklichen Kindertage meines großen Sohnes.
Die Erinnerungen durchziehen die Räume wie
Echos: so unfassbar.

Für Freunde und für mich wird hier Kino gezeigt,
Film projiziert auf die bloßen Mauern:
Kinderlachen mit Zahnlücken, aufgeregtes
Watscheln im Wasser, Griesbreiessen, Geburtstag,
Flötespielen.

Meine Schätze!
Möge der Film nie reißen.

Der Süden

In der schönen Villa meines Mannes herrscht Stille. Der Staub glitzert in der Lichtflut, die durch die geöffneten Fenster fließt. Zeit spielt hier keine Rolle. Liebe ist Ruhe, Liebe ist Entspannung. Bei meinem Mann kann ich einfach sein. Das reicht ihm und mir. Ich sitze stundenlang in einem Sessel und bin. Anwesenheit ist genug.

Auch wenn es regnet, ist es schön. Im Sommer gibt es hier ergiebige Landregen und im Winter dickflockigen Schnee.

Das Licht flutet, während er und ich nur angenehme Dinge tun. Alles, was wir tun, wird schön, weil wir es mit Liebe tun.

Wir frühstücken im Garten. Und während er im Haus wichtiges tut, sitze ich im Sessel und liebe ihn.

Es ist warm um mich.
Es ist sauber.

Der Staub in der Luft ist nur zum Glitzern da und um die Strahlen und den stehenden Fluss der Zeit sichtbar zu machen.

Das Haus, in dem mein Mann wichtige Dinge tut, liegt im Süden. In seiner Nähe gibt es einen Anleger für kleine Boote.

Während ich vom Balkon aus in vollkommener Zufriedenheit den Booten zusehe, die irgendwann mal hier anlegten, um Obst, Gemüse und Getreide aufzunehmen, spielt mein Mann Klavier oder repariert etwas oder schreibt jemandem einen Brief.

Die Sonne geht hinter dem Haus auf.
Blicke ich von meiner Stadt aus gen Osten, sehe ich sein Haus. Es liegt da am Fluss, im Garten, wie eine Verheißung.

In den Momenten der großen Erschöpfung blicke ich hinüber zum Haus meines Mannes und sehe ihn vielleicht am geöffneten Fenster stehen. Ein Windhauch bläht die leichten, weißen Gardinen, als würde das Außen das Innen streicheln.
Wie sanft das Licht hineinfällt!

Wie strahlt das Grün im Garten in großer Formvielfalt. Und wie freundlich wirkt der niedrige Holzzaun, über den jedes Kind klettern könnte. Meine Müdigkeit weicht dann der Stille und dem Frieden.

Ich streife in Gedanken durch die Räume des Hauses, berühre mit den Fingerspitzen die schönen Dinge und spüre dem Material nach: Holz, geschliffen, glatt wie Glas, aber warm und freundlich. Samtige Bezüge, kühler Stein, feines Porzellan, raues Leder.
Zeitloses Wandeln in Fülle und Vielfalt, wo sich die Frage nach Überfluss nie stellt, denn alles ist genau so, wie es sein soll.

Der Blick aus dem Fenster geht nach Süden in die fruchtbaren Hügel, in denen es nur Gedeihen gibt. Und Sonnenuntergänge.
Wenn ich will, trete ich auf den Balkon und sehe dem Strömen des Flusses zu, mit seinen Booten und Kähnen von damals und meiner Stadt als Ziel.

Meine Stadt bietet von dort aus einen traurigen Anblick: verkommen und grau liegt sie auf dem Hügel im Fluss. Ärmlich und karg erschient sie vor der großartigen Kulisse der Nord-Stadt mit ihren Glasfassaden und der imponierenden Skyline.

Mangel und Fülle

Die Fülle des Südens ernährt das Leben in meiner Stadt. Von hier kommen die Kinder, von hier die Nahrung.
Der Süden trägt Frucht, nach der ich süchtig bin.
Im Süden wurde ich gemacht.

Aber auch der Mangel kommt von dort. Krieg und Verheerung herrschen abwechselnd mit Frieden und Überfluss.

All das Schöne kann austrocknen und bluten. Nichts wächst dann mehr, nichts wird mehr geliefert.

Der letzte große Krieg hat meine Stadt geprägt. Ich habe mich noch nicht vom Mangel-Erleben erholt.

Mittlerweile habe ich alle Gedenktafeln an den Krieg entfernt, weil ich feststellen musste, dass diese wie Salz in den Wunden wirkte. Nichts haben diese Tafeln zur Heilung der Verletzungen beigetragen. Genau das aber sollte ja der Zweck von Gedenktafeln sein.

Ich entfernte also alle Tafeln, aber auch das half nichts: Alles, was damals zerstört wurde, blieb Ruine.

Die unverputzten Häuser bleiben unverputzt und grau. In den verwahrlosten Gärten sammelt sich der Müll.
Woher soll ich die Kraft nehmen, die Schäden einer halben Welt zu reparieren?
Mir ist kein Erbe gegeben. Ich bin Kind des Feuersturms. Meine Stadt ist ein großes Skelett des Mangelerinnerns.
Dabei ist der Krieg Vergangenheit.

Was fürchte ich die Vergangenheit?

Ich hatte die Idee, die Erinnerung an den Krieg in ein Haus zu sperren: ein Kriegsmuseum.
Ich halte das für eine gute Idee. Bei Gelegenheit werde ich das angehen.

Im Kriegsmuseum wird es Tafeln geben, welche die Ursachen des Kriegs erklären, und Bilder, die sein Elend dokumentieren: Bilder von der Flucht und Vertreibung, schreienden Kindern und zahnlosen Frauen. Die Kälte in zerbombten Häusern wird in Form eines begehbaren Kühlschranks museumspädagogisch aufbereitet.

Den Mangel an gezeigter Liebe und ausgeübter Fürsorge mache ich durch einen Gang erlebbar, in dem der Luft Sauerstoff entzogen wird. Besucher wüssten gar nicht, warum ihnen beim Begehen so komisch wird.

Aber nein: das ist keine gute Idee. So mache ich aus dem Krieg eine Freizeitaktivität, werde ihn aber nicht los.

Ich sollte stattdessen die Häuser wieder auf Vordermann bringen.
Ich muss die Schäden endlich beseitigen.

Ja, das muss ich.
Aber ich kann nicht, denn ich bin so müde.

Die Müdigkeit kommt von den großen Aufgaben und dem großen Mangel. Da weiß ich mir nicht zu helfen. Ich kenne keinen Ausweg außer dem Alkohol, der so wunderbar lustig und dann müde macht.

Am nächsten Tag ist man dann zu Recht erschöpft. Nicht nur wegen all der Arbeit.

Ich war ja nicht immer verantwortlich in dieser Stadt. Ich bin eingesetzt worden.
Was für ein Job!

Mit dem bisschen Geld und Kraft, die mir gegeben wurden, muss ich diese Riesenaufgabe bewältigen!

Muss ich das wirklich?

Wenn ich es nicht schaffe, bleibt es eben karg und hässlich.

Ein bisschen habe ich ja schon geschafft, wenn man den Marktplatzt betrachtet. Da kommen sogar Touristen zu Besuch.

Was haben die mit mir zu tun?

Das böse Kind

Mein Kriegsmuseum würde die Geschichte eines Kindes erzählen.
Ein Kind hat keine Untaten zu verantworten, trägt aber die volle Last der Schuld.

Ich werde dieses Kind in mein Kriegsmuseum sperren.
Das ist zwar ungerecht, aber notwendig, denn sonst werde ich das Elend nicht los, das zwischen den Häuserleichen immer wieder unvorhersehbar auftaucht und Ungutes verbreitet. Ich werde mir dieses Kind schnappen, dessen Züge mittlerweile hässlich und vergreist sind, und es ins Museum sperren. Und dort werde ich es zum Glück zwingen. Ich werde es päppeln und hätscheln und den Mangel an Fürsorge und Notwendigem ausgleichen.

Zugegeben: es ist Hilfe zur falschen Zeit am falschen Ort. Aber ich erhoffe mir dadurch trotzdem eindeutig weniger unvorhersehbare negative Energie in meinem Umfeld.

Vielleicht sollte ich das Kind einfach töten.
Ich stelle mir vor, wie ich ihm auflauere, wenn es durch die Trümmer und Ruinen streift. Alles, was hässlich, karg und arm ist, zieht es an. Aber es

erscheint auch plötzlich bei einer Hochzeit, vergiftet Atmosphäre, Wein und Luft, und ist plötzlich verschwunden, ehe man seiner habhaft werden kann. Anständige Menschen wüssten dann auch nicht, was mit ihm anzufangen ist, denn es handelt sich ja trotz des uralten hässlichen Gesichts um ein Kind. Niemand will einem Kind etwas antun, und schon gar nicht so einem geschundenen, leidenden Wesen.

Aber ich werde es fangen. Und wenn ich seiner habhaft geworden bin, werde ich es töten und nicht auf sein ewiges Klagen und Jammern hören, welches das Herz meiner Stadt seit Anbeginn erschüttert und zerfrisst.

Aber vielleicht, wahrscheinlich, sperre ich es einfach nur ein.

Ich lauere.
Ich warte.
Noch ist es nicht so weit.

Geburt

Wie die Stadt entstanden ist, weiß ich nicht.

Ich stelle mir vor, der liebe Gott, der allmächtig ist
und einen Bart hat, warf ein Korn in den Fluss.
Matsch, Dreck und Müll sammelte sich um das
Korn.
Das Wasser wurde geschieden.
Die Insel entstand.

Der Fluss ist das Leben. Alles andere ist eine
Ebene im Sein.
Ich wurde in der Form eines Kindes darauf
ausgesetzt.
Jetzt bin ich groß und stark.
Aber was bedeutet schon Stärke angesichts der
Macht der Dinge und des Werdens, die mich
bestimmt im Hier und Jetzt und seit Ewigkeit.

Ich stehe auf beiden Beinen im Zentrum meiner
Stadt auf dem Hügel.

Schau!

Ich bin die Pupille und somit die Verbindung
zwischen Innen & Außen.
Ich bin wie ein Halm zwischen den Ebenen, die
Röhre im Augapfel, durch die der Sehnerv führt –

hohl.
Klingend bin ich, wenn kunstvoll durchhaucht, wie eine Flöte.

Bring die Kraft auf!
Blase kunstvoll auf mir.
Ich bitte dich darum, meine Liebe.

Das Korn, das Gott warf, entsprach meinen Gedanken in reduzierten Dimensionen. Sie wurden zusammengepfercht darin. Ich werde mich erst wieder in der Unendlich-Dimensionalität entfalten dürfen, wenn ich gestorben bin.
Ein bärtiger Gott warf das Korn, das zu meiner Stadt wurde, in der mein Geist und Wesen leben müssen.

Schau sie an!
Was siehst Du?

Das ist das Leben: ein Fiebern, eine Unausgeglichenheit, ein Mangel, der nach Überfluss sucht. Osmose, Stoffwechsel, Fotosynthese. Ein Sog des Brauchens, der Bewegung, erzeugt vom Überfluss zum Mangel, vom Mangel zum Überfluss. Ein Schwappen, ein Fließen, ein Saugen und Spucken. Das ist Leben.

Kein Wunder, dass ich es anstrengend finde. Es ist fast unmöglich, mit diesem Mangel an Dimensionen das Leben zu beherrschen. Die Umstände passen nicht zur Herausforderung. Ich fühle mich, als wären mir die Hände gebunden, meine Füße in Blei gegossen und mein Mund mit Wachs verschlossen.

Wie soll ich über das herrschen?

Wenn ich nicht so schrecklich müde wäre, würde ich meine Stadt renovieren. Ich würde den Himmel aufschließen und Licht und Farbe auf die Ruinen gießen. Ich würde die Qualität des Kehrichts, der alles bedeckt, verbessern: dieser Dreck würde zu silberner Sternenstaub, der im Licht aufsteigt. Ich würde die Brachen mit Blumen und duftenden Sträuchern bepflanzen, sodass die Stadt zum Park wird.

Stell Dir das vor!

Gott hat also das Korn mit mir im Fluss versenkt, und daraus wurde meine Insel. Wenn man es genau nimmt, besteht sie aus Matsch und Müll anderer Zivilisationen.

Ich habe auf einem Haufen Dreck gebaut und betreibe das Leben, das meine Stadt wurde.

Die ersten Häuser bestanden aus Zweigen und Lehm. Es regnete hinein. Aber sie waren wie die Insel Teil des Südens. Es gab damals sogar Obst hier: Erdbeeren, Äpfel und wilde Pflaumen. Aber dann kam eine Eiszeit und mit ihr die Ohnmacht. Sie überrollte mein Sein mit Frieden und Einklang der Bewegungslosigkeit des absoluten Nullpunkts.

Schluss war mit der Fruchtbarkeit.
Ich wurde nicht mehr satt.
Kälte bestimmte den Bedarf.

So kamen die Siedler und es wurde Handel betrieben. Arbeit, Leistung, Ware, Geld, Planung. Menschen haben bei mir gebaut, gelebt und mich verlassen. Ich selbst habe bei Menschen gebaut, gelebt und sie verlassen. Ein ständiges Kommen und Gehen.

Mein Gehen hinterlässt Spuren aus Staub, der sich auf alles legt. Ihr Gehen hinterlässt Häuser.

So kam es auch zu dem Handel mit dem Norden: Ich hatte Mangel, die hatten Überfluss. Es trat das Gesetz von Angebot und Nachfrage in Kraft. Eine Gesetzmäßigkeit des Lebens.
Schwipp-Schwapp, Tick-Tack.

Ich verpachtetet Bauplätze.
Aber auf meiner Insel, in meiner Stadt, wurde nur kümmerlich gebaut. Man kann dabei nicht von Architektur sprechen. Es wurden lediglich Wohnboxen aufgestellt. Man ergriff von meiner Natur Besitz. Das „Kultivierung" zu nennen ist falsch. „Überrumplung", „Plattmachen" oder „Beanspruchung" passt eher. Ich wurde dafür mit Waschmaschinen, Sneakern, Katalogen und dann Internet entschädigt.

Na bitte, so geht das eben! Man muss hinnehmen, wenn man überleben will.

Die da drüben im Norden sind sich einig über meine Rolle in ihrer Gesellschaft:
Während ich akzeptieren muss, dass dort unten die unterschiedlichsten Glaubensrichtungen kleine Diktaturen hervorgebracht haben, muss ich jährlich über den Vorsitz von Dänemark abstimmen und dulden, dass meine Stimme bedeutungslos ist. Das ist so ein Ritual.

Die Diktatoren haben am Nordufer eine Stadt aus Stahl und Beton erbaut. Jede diktatorische Gemeinschaft hat ihre eigenen Zeichen und Logos, sodass man sich zurechtfinden kann.

Es gibt sehr schöne Häuser und sehr hässliche. Sie bilden ein starres Ensemble, einen Chor, der mir die Meinung geigt: Wie nutzlos ich bin auf meiner Insel aus Schmutz.

Aber ich lasse mich davon nicht beeindrucken, denn schließlich zahle ich meinen Preis und weiß genau, dass all diese Nordufermenschen nach Süden blicken müssen, um mich auf meinem Berg zu sehen. Ich weiß, dass ich im Licht des Südens schön bin und strahle.
Für die ist meine Stadt ein Sehnsuchtsort, mit dem sie tatsächlich nichts anzufangen wissen. Sie können nichts tun als Häuser bauen.

Wie dumm das ist!

Der Zaubergarten

Es gibt drei besondere Orte in meiner Stadt, von denen einer der Marktplatz mit der Kirche und Skulptur ist.

Der zweite ist eine geheimnisvolle Villa inmitten eines Parks. Das helle Gebäude strahlt in mattem, staubigem Licht, das in der Kälte warm scheint. Es ist die Heimat meiner Tochter, der ich die Zöpfe geflochten habe, bis sie sich die Haare abschnitt: warm in der Kälte und kühl in der Hitze; eine Villa, angefüllt mit zauberhaften Gemälden. Die Farben wabern an grauen Tagen durchs Haus und strahlen nach draußen.

Der parkartige Garten ist belebt mit Tieren aller Art: Vögel, Katzen, Hühner, Hasen und diverse Fantasiegestalten, wie sie in japanischen Mangas vorkommen, wie der zottig freundliche Totoro (nur in der Dämmerung zu sehen) oder die Vogelscheuche Rübe, die in Wirklichkeit ein verwunschener Prinz ist und sich durch Hüpfen ausdrückt.
Wenn Rübe zum Beispiel schnell auf der Stelle hüpft, will er Aufmerksamkeit erlangen. Hat er diese, bewegt er sich langsam in die Richtung, in der er etwas zeigen will: vielleicht ein Wunder oder eine Hochzeit auf dem Marktplatz, der an

den Garten grenzt.
Vielleicht eine Hochzeit des Liebsten mit jemand anderem?

Der Park ist beschnitten und wild. An einigen Stellen auch dunkel an anderen flankieren gestutzte Hecken und riesige Blutbuchen die Wege.
Blumen wachsen wild und vereinzelt, wie die gelben Lilien dort, wo dunkle Wasser zu vermuten sind. Und Schmetterlingsflieder blüht, der die Insekten nährt.

Ich habe auch schon bienenumsummte Sonnenblumen hinter den Hecken im Dickicht entdeckt. Die Rehe im Garten knabbern so gerne an den Knospen. Deshalb müsste sich jemand entscheiden zwischen Blumen oder den Tieren. Man kann nicht alles haben. Selbst hier nicht an diesem geheimnisvollen Ort, an dem Libellen und Schmetterlinge die Luft flirrend verzaubern.

Im Garten steht ein Birnbaum. Unter dem Baum grasen ein Schaf und ein weicher grauer Esel. Honig tropft wie Harz aus der Rinde des Baumes und strahlt golden im Sonnenlicht: süß, süß und schön.

Und doch sind Haus und Garten stets verlassen. Sie ist weggegangen. Oder war sie nie dort? Ist das mein Haus, mein Garten und mein Leben und mein Ich?

Ich baue und werde bebaut. Doch hier wirkte die Hand einer Zauberin. Ihren Fuß setzte sie auf meinen staubigen Grund. Dort floss Wasser aus tiefer Quelle und gibt Leben.
Das ist kein Wunder, wenn man bedenkt, dass die Zauberin von den Sternen kommt, lebt auf dem Mond, der abgewandten Seite des Mondes, der grün und fruchtbar ist, wo es Bäume aus Federn und Schönheit im Überfluss gibt.

Man reitet dort auf eleganten Tieren, fliegt auf allem, was fliegen kann, schwimmt mit den Fischen, die freundlich sind, auf der abgewandten Seite des Mondes.

Die Zauberin lebt dort unter einer Kuppel aus blau flimmerndem Licht und kümmert sich um den Glanz der Sterne.

Wenn sie geht, schreitet sie, und es klingt, als schreite sie über einen dicken, weichen Teppich.

Ihre Schritte erzeugen Freundlichkeit, Lächeln und Fruchtbarkeit. Und nirgendwo, außer auf meiner Insel, hinterließ sie je ein steinernes Haus.

Schau!

Dänemark

Was kann Dänemark diesem Wesen antun? –
Dänemark reguliert den Verkehr der Mondfähre.
Aber die Dänen können nicht alles regulieren.
Der Zauber wirkt trotzdem nach, und es schwingt
Leichtigkeit durch das Haus und den Park. Die
Leichtigkeit einer Person, die nicht ständig dem
atmosphärischen Druck ausgesetzt ist. Dieser
Druck macht auf die Dauer doch alles fertig: er
zerquetscht den Hauch der Freundlichkeit, macht
aus einem Lächeln ein Grinsen und aus lauer Luft
Schwüle. Er zermalmt das schwirrende Licht der
Partikel zur Staubdecke. Niemand kann frei atmen
unter diesem Druck, aber ohne ihn funktioniert
der Norden nicht. Der Norden mit seinen
Produktionen und den steuernden Zentralen
benötigt genau diese Atmosphäre.

Die im Norden haben Wohlfühlen als Belohnung
ausgesetzt. Sie versprechen ein Leben im Süden
als Preis für ein Leben im Norden.
Dabei ist das eine sehr durchschaubare
Täuschung, denn der Norden kann gar nicht einen
Platz im Süden versprechen. Niemand im Norden
kann das. Aber trotzdem hält dieses Versprechen
die Systeme am Laufen. Alle ahnen oder wissen,
dass es sich bei dem Lohnversprechen um ein
Trugbild handelt. Man sieht die Ufer, man kennt

die Aussicht. Man macht mit, obwohl man weiß, dass es den versprochenen Lohn nicht gibt. Das funktioniert wie das Leben: eine Aktion bedingt die nächste oder wer A sagt, muss auch B sagen. Das Versprechen wird in Raten eingelöst: Wer artig ist, bekommt Sauna statt Wärme. Das ist ein Privileg. Dann bekommst man Früchte statt Fruchtbarkeit und Autos statt Beweglichkeit.

So machen die das.
So geht das immer weiter.

Im Norden wird ein künstlicher, pervertierter Süden erschaffen, weil Norden und Süden durch den Fluss des Lebens getrennt sind, dessen Überquerung nun mal das Risiko des Absaufens birgt.
Das Risiko ist nicht klein.

Auf Inseln wie meiner kennt man die Angst vor dem Ertrinken. Mein Grund und Boden besteht schließlich aus Abgesoffenem, Überflüssigem, verwesendem Flüchtigen.

Die Menschen im Norden sind fleißig und tapfer. Sie verwandeln sich mit den Jahren in Cyborgs. Das ist der Grund, warum sie nicht in den Süden können. Denn da gibt es keine Ersatzteile. Im Süden wartet stattdessen der Schmerz auf sie.

Das könne die Cyborgs nicht ab. Schmerzen sind furchtbar für die aus dem Norden. Allein zur Schmerzvermeidung entstehen ganze Burgen aus Glas, Stahl und Beton, die sehr sicher sind und Sicherheitssysteme produzieren.

Der Norden ist religiös, ohne spirituell zu sein: Überall huldigt man Symbolen, in denen man Werte sieht, und findet Riten, die von Firmenbossen aufgestellt wurden. Minikirchen mit Minidiktaturen, im Schoße der Demokratie Dänemarks. Wie kann das angehen, dass eine Demokratie sich aus Diktaturen speist?

Die Kunst ist dort Design oder Kunstmarkt. Die Liebe ist dort Partnerportal oder Ehevertrag. Wie kann es sein, dass innerhalb dieser Diktaturen die Liebe einen Platz findet? Macht umarmt die Liebe, gegen die kein Kraut gewachsen ist, und erstickt sie, bis sie Geschäft wird. Kapitalismus umarmt die Demokratie und erzeugt Diktaturen.

Vom Ufer des Nordens betrachtet, liegt meine Stadt im Süden. Sie bauen bei mir, was ein einfacher Tauschhandel ist: Ware gegen Boden. Die Häuser der Nordler sind aber fast immer ein Flop. Denn kaum angekommen im scheinbaren Süden, offenbart sich meine Eigenheit, und nichts aus dem Norden gedeiht. Die tragen auch ihr

System wie ein Schneckenhaus um sich, sind
unbeweglich, zerstörerisch und verstehen nichts.

So kommen alle die unfertigen Häuser, die
Mauern unverputzt, mit verrotteten
Satellitenschüsseln und staubbedeckten
Strommasten in die verkommenen Gärten
zwischen stachelige, gelbe Gräser.

Meine Insel ist voll davon.
Meine Insel ist voll davon.

Handel

Im Schatten dieser Häuser geht der Wahnsinn um: der Burnout, die Depression, die Panikstörung. Eine Exportware für diejenigen, die ihr Glück auf Sand gebaut haben. Was glauben die auch gerne an die Täuschungen und tun so, als seien sie bloß anständig. Hätten sie das Ruder, dann würden sie es rumreißen. Man muss schließlich leben und sollte mit Anstand und Disziplin das Falsche tun – muss es tun. Meine Exportware „Tristesse" geht an die fleißigen Mitarbeitenden am totalen Ruin.

Die Errungenschaften des Nordens sind so komfortabel! Luxus ist nicht schlecht.
Dem Hunger, der Kälte und der Krankheit entkommt man im Norden.
Man erzeugt Schmerztabletten und Antibiotika, denn im Norden wird das Leben jedes einzelnen Individuums geschätzt. Die Angst vor den Schattenseiten des Lebens treibt seltsame Blüten. Man wappnet sich gegen die Unwägbarkeiten des Flusses durch starke Mauern und pflastert diese mit Kunst.

Im Norden ist es lauwarm klimatisiert.
90% aller Norduferbewohner erhalten irgendwann ein neues Gelenk, das ihnen die Lebensqualität erhalten soll. 90% der

Süduferbewohner erreichen nie das Alter, in dem sie ein neues Gelenk benötigen würden.

Ist das gerecht?

Sex

In meiner Stadt gibt es ein Haus voller Federn. Gestern stand ich – mir ist, als wenn es gestern war – auf dem Hügel und ein Federregen wie Schnee, bloß nicht so kalt, verbarg die Sicht nach Süden. Ich streckte die Hände aus, um den Segen zu spüren, und kippte den Kopf nach hinten, sodass ich mit leicht geöffnetem Mund seufzen konnte. Die Federn sammelten sich um mich, die ich in einem dachlosen Rohbau stand, und füllten alles. Sie schmiegten und kitzelten und waren so weich und warm, dass sich die Haut noch heute freut.

Nach so einem Federregen liegen auch auf den Wegen und in der verkommenen Brache rund um das jetzt flauschig gefüllte Haus überall weiße Federn. Mit der Zeit verweht sie der Wind. Manche verschmutzen und werden grau. Andere treiben wie weiße Papierschiffchen in dem flaschengrünen Wasser der Pfützen.

Ich stehe auf dem Hügel und sehe dem vergehenden Gestöber zu.
Eine Möwe kreischt, und ich blicke an mir hinab. Meine Füße aus Fleisch, verwurzelt in dem rohen Boden. Kalt nun nach der Wärme. Meine Zehen greifen in den Matsch.

Mein Blick geht nach Süden, und gleich durchdringt mich wieder diese Wärme. Ich fühle in diesem Moment, wie ich von Wasser durchflossen werde. Wasser wie das des Flusses, der mich umgibt und durch den ich waten würde, wenn ich nur wüsste, dass mein Mann da drüben zuhause wäre und Zeit für mich hätte.

Ich erschrecke vor mir selbst, weil ein Teil von mir nicht gegenwärtig ist und ich abgewichen bin von meinem Konzept.
Der Sternenhimmel offenbart sich eiskalt und glasklar.

In meiner Stadt gibt es also einen dachlosen Rohbau inmitten einer Brache, der mit Federn gefüllt ist. Das Grundstück befindet sich offenbar auf der Südseite des Hügels und verfügt über quellendes Wasser. Glucksend steigt es auf und bildet Lachen in Stiefelspuren.

Ich werde einen Brunnen bauen.

Zombies und Cyborgs

Die Fertigfamilien, welche die staubigen Läden unten am Westeingang der Stadt betreiben, könnten Zombies sein. Des Nachts sind sie nicht geheuer. Sie sind wahrscheinlich Katalogware aus dem Norden. Deshalb liegt die Vermutung nahe, dass sie Cyborg-Zombies sind, deren Augen nachts im Verborgenen rot leuchten.

Heute, als ich nicht schlafen konnte, meinte ich, sie in ihrer wahren Gestalt zu sehen. Die Katalog-Fertigfamilienhüllen sind nur Fassade.

Heute Nacht im Traum wankten sie wie Schlafwandler über die Brachen, erzeugten Stiefelabdrücke und versetzten mich in Angst. Deshalb bin ich heute müde. Ich musste sehen, was ich lieber nicht gesehen hätte.
Vielleicht sollte ich weitere Häuser für schreckliche Erlebnisse bauen und geeignete Maßnahmen treffen, diese dann zu versiegeln?

Ich könnte auch die olle Ladenstraße herrichten, sie vollkommen entstauben und nach dem Vorbild des Marktplatzes renovieren, der ja richtig schön geworden ist.

Kein Cyborg-Zombie ertrüge das. Sie würden alle zurück in die Kataloge gehen.

Das Problem ist: Die Farben, die Hilfe, all das Material und die Arbeitskraft kann ich nur bedingt aufbringen. Das bedeutet: ich müsste wieder handeln.

Oder es muss einem geschenkt werden.

Ich sollte lernen, meinen Willen gegenüber Gott zu artikulieren: „Ich würde gerne die heruntergekommene Ladenstraße renovieren."

Begründung: „Die Familien, die dort hausen, sind höchstwahrscheinlich Zombies und machen mir Angst. Die rotleuchtenden Augen und der schwankende Gang sind eindeutige Zeichen."

So ein Antragsvorgehen ist natürlich absurd, so wie die ganze Geschichte mit den Zombies absurd ist. Ich kann doch nicht einfach einen Wunsch in den Himmel werfen und hoffen, dass eine Wolke ihn mitnimmt oder ein Vogel ihn hinbringt, wo er erhört wird. Plötzlich würden mir dann die Mittel und das Material geschenkt werden, die ich benötige, um die Renovierung durchzuführen. Sie fielen einfach vom Himmel.

So funktioniert das nicht.
Oder doch?

Irgendwer erbarmt sich meiner Müdigkeit und meiner Angst. Es ist egal, wer. Dem oder derjenigen ist meine Kirche geweiht. Ich bekomme Hilfe, weil ich sie brauche. Zumindest manchmal. Rechnen kann man nicht damit.

Aber da die Möglichkeit von Hilfe besteht, plane ich die Verschönerung und Entzombiesierung der verkommenen Ladenstraße mit ihren verstaubten Fenstern, den elenden vergilbten Warenauslagen und den Katalogfamilien, die, ans Licht getrieben, einfach zu Staub zerfallen oder vielleicht doch mit Leben erfüllt werden.

Sie sollen im Fluss gewaschen werden.

Glück und Schmerz

In der Nacht starke Schmerzen. Dunkelheit
umfängt mich. Ich will mich drehen, will aufstehen
und kann nicht. Meine Beine versagen den Dienst.
Stechen im unteren Rücken.

Dunkelheit.

Kein Laut dringt nach außen. Kommt nicht.

An den wilden Ufern stehe ich und weiß, dass dies
das Ende ist: die Auslöschung, die Befreiung.

Ein kleiner Mensch geht an mir vorüber. Ganz
geschäftsmäßig stapft er durch den Schlamm.
Stapf, stapf, stapf. Jeder Schritt schmatzt. Jeder
Schritt hinterlässt ein Gurgeln, wenn der Abdruck
des kleinen Menschen vom Wasser verschluckt
wird und verschwindet.

Wieder die Dunkelheit in meinem Zimmer.
Dunkelheit und Schmerz, der mich mit eiserner
Faust umschließt und zerdrückt, bis mir die Luft
wegbleibt von seiner Brutalität. Sein Gesicht ist
eine grausame Fresse. Der frisst Leid. Lecker
Angst! Da trieft der Sabber zwischen den
Reißzähnen vor Gier.

Schwarz, Tintenschwarz, welches schwärzer ist als alles Schwarz der dunkelsten Nacht.
Er ist ein Schatten, Monster mit eiserner Faust und lichtloser Fresse. Er mag Metastasen, die auf Nerven drücken, er greint vor Freude, wenn Menschen mit Schläuchen am Leben erhalten werden. Ich kenne den Burschen, denn ich habe ihm meine Kinder entwunden. Ich bin durch blutrote Flut auf Glassplittern zu ihm gegangen, und habe mit ihm um die Kinder gerungen.

Das war das erste Kennenlernen. Ein spielerisches Kräftemessen mit vorgegebenem Ausgang. Aber niemand hat gegen ihn wirklich eine Chance.

Und nun ist er wieder da, die Hackfresse. Er ist der Meister der Sackgassen, der das Leben aus jeder Straße pressen kann. Riesig. Mächtig mit seiner eisernen Faust. Unduldsam und brutal.
Weg soll er gehen mit seinen Peitschen und Messern und den pressenden und würgenden Greifern.

Rhythmischer Zeitbeherrscher, grausamer Zeitdehner.

Ich habe ihm auch meinen Jüngsten entrissen. Deshalb kann ich nicht sagen, er sei gnadenlos. In der Mitte des Wassers hielt er ihn in eisernen

Klauen. Inmitten von Strudeln und schwarzer Eiseskälte umklammerte er ihn. Schlagen, Schneiden, Ritzen. Panik mit abgetrennten Beinen und leerem Blick. Er pocht in rhythmischer Folter im Fluss des Lebens.

Ich habe mit ihm gekämpft und meinen Jüngsten gewonnen, der den Namen „der Glückliche" oder „Freud-Bringer" trägt.

Mein Jüngster, mein Beat, hat deshalb tief im Schilf einen Palast am Wasser, mit hohen, hellen Räumen, Kristalllüstern, goldenen Treppengeländern und polierten Nussholz-Möbeln. Er ist ein Glückskind, ein Moses, der ein ganzes Volk aus der Gefangenschaft führen kann, wenn er erst einmal einen Bart hat. Ein hübscher Junge, der Prinzessinnen verzaubern kann.

Der hat keine Angst vor dem Peiniger!

Sein Palast liegt am wilden Südufer und leuchtet weiß. Silberreiher leben im Schilf. Kormorane trocknen die Flügel auf toten Baumstämmen. Enten quaken, und Möwen ziehen schreiend ihre Kreise. Wasserlilien und Seerosen blühen überall und immer.

Vor meinem inneren Auge sehe ich mein Glückskind, im Schilfkörbchen treibend. Und ich, nach meiner Schlacht mit dem Schmerz in Person, nach meiner Fahrt in die Tiefe, nachdem ich fast abgesoffen, zerschlagen und zermalmt worden bin, habe ihn geholt!

Ich will das nicht missen.
Ich habe es geschafft.

Sieh nur den Palast! Sieh, das ist daraus geworden!

Aber nun sucht der Peiniger mich wieder heim, denn ich schulde ihm ein Leben.
Der vergisst nicht.
Er geht jedes Jahr an meinem Haus vorbei und hinterlässt einen Strich aus Blut auf meiner Schwelle. Er merkt sich seine Schuldner und lässt daran keinen Zweifel.

Siehst Du die besudelte Schwelle? Siehst Du das Wetter, das aufzieht?

Wenn der Fluss über die Ufer tritt und das Leben überquillt, dann entsteigt er ihm und tötet mit einem Fausthieb denjenigen, der Glück hat. Die anderen greift er, zieht sie hinab und würgt noch im Sinken, schneidet, schlitzt, schlägt.

Meine Häuser, Gärten und Brachen
überschwemmt er mit stinkendem Schlamm. Er
erstickt alles Zarte und hinterlässt Trauer und
Zerstörung: lähmende Trauer über das Ende des
Lebens, das schlimm ist wie der Anfang.

Wenn ich dann nach dem Untergang oder dem
nur erdachten, geträumten Untergang wieder
aufstehe, doch den Lichtschalter finde oder in
anderer Gestalt wie ein Vogel mein Sein
überfliege, dann sieht es aus, als wenn meine
Stadt als Auge im Fluss weint. Sie weint und weint
und findet kein Ende angesichts all der
Vergangenheit, der Hässlichkeit und der
Schönheit, die nun vergangen ist. Das Klagen ist
Gesang.

In der Gestalt eines Vogels klage ich mal auf dem
Rathausplatz, mal in den Gärten der Zauberin
oder im Schilf.
Mein Mann, der fehlt, mein Mann in seinem
Gartenhaus hört mich und begleitet meine Klagen
mit Klavier, während das Auge im Fluss versinkt.

Oder ich stehe auf und finde den Schalter.

Das Ende

Bei all der Anstrengung, die Stadt zu beleben, geordnet zu beleben (damit meine ich, genug zulassen und genau das Richtige zu unterbinden) sehe ich gelassen auf das Ende.

Ursprünglich hatte ich geplant, mein Alter im Haus am Südufer zu verbringen.
Du weisst schon: mein Mann schreibt Briefe, repariert Dinge, spielt Klavier, während ich im Garten ruhe. Und wenn es regnet oder schneit, liege ich auf einem Kanapee mit Blick auf Fluss und Stadt. Tee oder heiße Schokolade stehen griffbereit. Wenn ich mein Buch sinken lasse, lausche ich den Tropfen und sehe das Licht ins Blau dämmern.

Es gibt keine Fragen und keine Sehnsucht mehr. Ich bin angekommen und aufgenommen. Und das Knarren auf der glänzend gebohnerten Treppe verrät mir, dass ein liebevoll fürsorglicher Mensch das Zimmer betreten wird, um nach mir zu sehen, sich mit mir auszutauschen oder einfach mein Kissen aufzuschütteln, damit ich bequem ruhen kann.

Vielleicht sehe ich an einem dieser Nachmittage den Sturm heranrollen, ein Wetter, das von

Norden aufzieht.
Ein Wetterleuchten über Dänemark.
Licht an-aus und ein Grollen, das in meine
Geborgenheit rollt. Das Licht schwankt etwas.

Eingehüllt und träge, lege ich meinen Blick auf den
sich verdunkelnden Himmel. Ich knipse die
Nachtlampe auf meinem Beistelltischchen an, die
einen warmen Lichtkegel auf mein Buch und die
Teetasse wirft. Das polierte Holz des Tisches
darunter schimmert wie Honig. Süß läuft es mir
den Rücken herunter, als das Unwetter über den
Glaspalästen ein Spektakel mit zuckenden Blitzen
eröffnet, die sich vielfach tänzerisch spiegeln.

Von unten klingt kultivierte Klaviermusik zu mir
herauf. Vielleicht Chopin oder Brahms. Die Läufe
perlen gedämpft durch das Wettergrollen.

Sturm und Regen erreichen mein Haus fast
gleichzeitig, fauchen und trommeln. Der Himmel
ist schwarz.
Ich erhebe mich, verlasse mein Lager und sehe
nach drüben zu meiner Stadt.

Meine Stadt zuckt in Sturm und Wetter. Das Licht
geht an und aus. Der Fluss schäumt. Ich kann
sehen, wie das Wasser die Brücke flutet. Schwerer
Schlamm dringt über die Ufer und zerdrückt das

Schilf, versenkt die Gärten und reißt alles nieder, was zu schwach ist: alles, nach und nach. Ganz bestimmt.

Wehe! Kein Entrinnen.

Ein Stechen in der Brust durchzieht mich mit Schmerz wie ein Blitz. Schreiend und mit den Armen rudernd läuft mein nacktes Konterfei durch den peitschenden Regen auf den Platz auf dem Hügel. Ich sehe sie, und sie hält inne im Schreien und Wedeln. Sie sieht mich, fassungslos im Erkennen, dass ich im Warmen sicher und geborgen bin.

Das gemarterte Ich beugt sich vor, um mir durch das irre Getöse zuzuschreien, dass das doch ungerecht sei. Aber ich kann es leider nicht hören. Ich winke tröstend, denn sie wird untergehen, und ich habe Mitleid mit der armen, geschundenen Seele.

Ich setze mich und lege die Hände in den Schoß. Mein Mann steht plötzlich hinter mir und streichelt mir sanft über den Rücken. Der Regen klopft ans Fenster, während mir eine erlösende Träne über die Wange läuft. Denn ich bedauere, dass dieses nackte Wesen dort geschunden durch

Schmerz, Kälte und Nässe zu Grunde geht.
Jetzt gerade.

Der Sturm hat den Fluss aufgepeitscht und
anschwellen lassen, so dass der Erdstoß, der sogar
mein Beistelltischchen erschüttert, ihn in eine
braune Wasserwand verwandelt. Sie überrollt die
Insel und begräbt sie unter sich.

Armes schreiendes Wesen, dein Dienst ist getan.

Die Insel wird im Schlamm erstickt, den eine
zweite Welle wegspült. Die Ruinen sind Dreck.
Dreck ist der Boden, auf dem sie standen. Das
Leben ist Tod.

Das Auge im Fluss erst erblindet, dann
weggeweint.
Der Fluss strömt gleichmäßig und ungeteilt. Der
Spuk ist vorbei.

Nur die Untiefe dort, wo einmal die Stadt lag,
erinnert an sie und bildet vielleicht die Grundlage
für eine neue Insel. Ich wünsche mir aber, dass
der Fluss die Sedimente tief in sich aufnimmt und
hinausträgt.

Die Wasseroberfläche schimmert sanft im
Morgenlicht, das ich nicht mehr sehen kann. Ich

werde nie wieder sehen. Und doch war es ein schöner Traum und ein gelungener Kunstgriff, mein Ende im Süden zu erleben.

Jeder wird nackt geboren und wird nackt sterben.

Meine Stadt stirbt, ich sterbe, und danach ist Nichts oder Ewigkeit.

Dem Fluss ist das gleich.

Bibliografische Information der Deutschen Nationalbibliothek:
Die Deutsche Nationalbibliothek verzeichnet diese Publikation in
der Deutschen Nationalbibliografie; detaillierte bibliografische
Daten sind im Internet über http://dnb.dnb.de abrufbar.

© 2021 Elisabeth Göhring

Lektorat: Eva Wal und Oliver Kehrt

Herstellung und Verlag: BoD – Books on Demand, Norderstedt

ISBN: 978-3-754303863